有海瘾的人

韦巍 著

漓江出版社

图书在版编目（CIP）数据

有海瘾的人 /韦巍著. —桂林：漓江出版社，2023.12

ISBN 978-7-5407-9599-3

Ⅰ.①有… Ⅱ.①韦… Ⅲ.①诗集－中国－当代 Ⅳ. ①I227

中国国家版本馆CIP数据核字（2023）第202205号

有海瘾的人（You Haiyin de Ren）

作　　者：韦　巍

出 版 人：刘迪才
责任编辑：王　坤
装帧设计：长　岛
责任监印：张　璐

出版发行：漓江出版社有限公司
社　　址：广西桂林市南环路 22 号
邮　　编：541002
发行电话：010-85891290　0773-2582200
邮购热线：0773-2582200
网　　址：www. lijiangbooks.com
微信公众号：lijiangpress

印　　制：苏州市越洋印刷有限公司
（江苏省苏州市越溪街道南官渡路 20 号　　邮政编码：215104）
开　　本：880 mm×1230 mm　1/32
印　　张：6.25
字　　数：120 千字
版　　次：2024 年 1月第 1 版
印　　次：2024 年 1月第 1 次印刷
书　　号：ISBN 978-7-5407-9599-3
定　　价：48.00 元

序：他的汹涌，也是他的风平浪静

庞余亮

韦巍是一个很让我吃惊的人。

吃惊，是因为他身上的奇迹。

别人的奇迹是不会让我吃惊的，韦巍的奇迹除外：他是我熟悉的人，却因为这本《有海瘾的人》，变成了一个陌生人。

一个汹涌澎湃的陌生人。

潮水来时
有海瘾的人，浑身上下都是浪

沙滩是大海的缆绳，此刻
站立者是根木桩
远方和船只
有交错，有相互耀眼的迎合

这是一首名叫《有海瘾的人》的诗。读到“有交错，有相互耀眼的迎合”，我离开了那个不以为意的“我”，换成了一个端正的诗歌读者。这是我这么多年读诗的习惯，也是遇到好诗句必须的姿态。

鸥鸟故意避开海拔一词
逼停黄昏的，有一截断楫
和几只年轻的藤壶
鱼群就在结果的附近，足够高潮挥霍

诗人不是正常的人。这里的不正常是指诗人有一种地球都无法绑缚的魔力。很多人写诗，写了很多年，都没有焕发上苍给予的魔力。

这“魔力”，或许叫作“脱轨”。脱轨的词语，脱轨的想象力，脱轨的无穷可能性。

山丘懂事，不高不低
所有的油菜花刚好够醒过来
麦苗，还是未发育
清澈得要命，小河不适宜任何密谋
鱼刺和鱼脊骨都偏软

这是一首叫《二月，平》的诗。几乎每个字都在“脱轨”，我太喜欢了。谁能想到韦巍写出这样的《二月，平》呢，我想，他的读者他的粉丝都不会想到。

一个“脱轨”的韦巍，是年轻的柴火，诗歌是这根柴火上熊熊燃烧的火苗。

能够燃烧的密码是什么呢？

从水乡深处的古镇出发，现在“人间天堂”的苏州生活。他肯定经历了很多大海、很多的“二月，平”，但他还是勇敢地跨出了那个想囿住他一生的肉身。他走过群山，遇到过鹿群、河流、桃花、灰喜鹊……这些事物纷纷在他的内心秘密置换另一个韦巍。

这本诗集就是另一个韦巍。

不可言说的韦巍。

汹涌澎湃的韦巍，也是风平浪静的韦巍。

> 群山是母性的，生怕一小堆篝火招惹是非
> 黑夜里围拢过来

现在，我们就是那些围拢者。了不起的韦巍，请继续用燃烧为我们“露出春天的马脚”。

（作者系著名诗人、作家，鲁迅文学奖获得者）

目 录

contents

二月，平

山丘懂事，不高不低
所有的油菜花刚好够醒过来
麦苗，还是未发育
清澈得要命，小河不适宜任何密谋
鱼刺和鱼脊骨都偏软

没有忙事，也没有闲事
村庄现在无需谋生
整个节气没有风浪，麻雀没有惹是生非
无神怒目，无人低眉

二月，平
阡陌纹路清晰
让虚弱的万物可以放心抵达

年轻的火苗

年轻的柴火，火苗多年轻呀
欢呼跳跃
噼里啪啦的响声
干脆利落
森林周围的光也十分炙热
都是些想做火苗的人

群山是母性的，生怕一小堆篝火招惹是非
黑夜里围拢过来

祖露山顶的一棵老乌桕树

年轻的灰喜雀来了
兴奋不已
立刻衔走一枚最漂亮的乌桕果

肤浅，不应该只是年轻的事
山水在潭里打坐
那些溢出的是白云，也是一匹欢快的马驹

山顶的风物
允许它们私下交换姓名
如伸出去的苍老的树枝，是鸟和鸟鸣崭新的一部分

你要知道老是个发物，有它在
哪座山头的风，不是春天
哪座山头的春天，不是风

他们终于动了杀气

寺庙里溜进几只大老鼠
偷吃粮仓的米
啃坏好几卷经书
咬穿弥勒佛的肚脐眼
吓到了香客
……
几年后
住持的宝贝袈裟破了个小洞
师父们终于下定决心
养一只猫

桃花，麋鹿的粉色

凡看过桃花的眼睛，总是
容易露出春天的马脚
或早或晚
逃离羊群，逃离草坡
逃离一条老路
逃离一切的藩篱
私奔，跟一条粉色的河流
粉色的去向

四月的人不该缄默，兴奋的麋鹿们
不进森林
在野地里叫唤自己的配偶

看

他独自坐在岸边良久
看，江水流走
看，船只流走
看，鱼虾流走
看，河床流走
看，彼岸流走
看，黄昏流走
看，一座座青山流走
看，一个个人流走
看，自己流走

一个浪涛，接着一个浪涛
浑身布满白色的花朵

宿 疾

去没有风的地方
浅滩的芦苇们自己晃动身体

风并不诞生风
一旦停歇，波浪的意义就不大

但波浪推崇波浪
百鸟朝风的副作用，隐匿到了今天

世间一半的事是多余的
比如，人的一半

一半人喜欢解剖一只麻雀
虽然它五脏俱全

从一杯酒开始

从一杯酒开始，我们谈论相同的生死
一百度的成人话题
烈性随意
有一根饱满茅草的沉重
有一棵枯萎合欢树的轻盈

童年是深渊，不适合凝视
青年是深渊，不适合凝视
中年是深渊，不适合凝视
撤掉各自好笑的底线
我们方才抱头恸哭

终究。还是说到爱情
我们并不辽阔
属于马匹和牛羊的，两只手就可以数
绿皮火车经过男女的村庄
草原应该有一场结局，不能鸣笛

小河还挺封建的

桃花汹涌
梨花汹涌
杏花汹涌
岸边洗衣服的女人汹涌

小河还挺封建的
微波荡漾不停
三月丰满的倒影，一个不剩
打上马赛克

一粒好种子

最高的那棵庄稼走了

盛头一碗香喷喷的米饭，敬一尊
刚去世的菩萨

赤脚，空腹
卷起袖子和裤腿
他去寻找一粒更好的种子，凡善良的
都不会走远
也许。在田埂的另一头拔一棵坏稗子

幸福呀，幸福呀
每一棵庄稼
都会惦记人间的每一个饥饿

沙沟鱼圆 *

水乡人，不喜欢水里的骨刺
一定要剔除干净

穿过圩荡的上半身，裸露出来
是种仪式感，力道足

千刀万刀剁下去，刀法成了一摊泥
但师傅手上只有一根棉花秆

挤一个团子，就是一团洁白的棉花问世
从热油锅里滚过后，便可以浮上天

昨夜，子婴河的一条青鱼轻轻咬我
如触碰到云朵

* 沙沟，位于泰州兴化市，作者的故乡。沙沟鱼圆是当地的一道特色美食。

允许一切发生

鹭鸟的白
拖住了一片水杉红
水杉红呀
拖住了一条过往的河
河的名字改过来改回去
依旧拖住几户人家
这几户人家呀，善良
只拖住原野上的那一朵白云

云朵之下
万物都是沉重的
婆婆丁也是
拖住了一阵不知去向的风，坠入乌有的悬崖

悬崖在云朵之上，允许
一切发生

有海瘾的人

潮水来时
有海瘾的人，浑身上下都是浪

沙滩是大海的缆绳，此刻
站立者是根木桩
远方和船只
有交错，有相互耀眼的迎合

鸥鸟故意避开海拔一词
逼停黄昏的，有一截断楫
和几只年轻的藤壶
鱼群就在结果的附近，足够高潮挥霍

关于浪花
没有任何非分之想，但不是
风将它带回岸上
那个浑身是海的人，正在拖拽汹涌

潮水去时

孤勇者的星辰，还在洄游

对有海瘾的人来说

哪里有浪

哪里就是海

局里和局外

江水丢失怒涛后
一个美人不再和一个英雄有瓜葛
那就撤走时间
撤走空间
撤走是非和小道消息
撤走烈酒
索性也剥离性别
只剩下一个人，和另一个人
或阳谋或阴谋
对白里，每一个字都有清晰的咬痕
几次哭，几次笑
让导演精准摁下一把宝剑的冲动

美人还是走得太早，不如
就此停顿
让画外的马匹准备好悲剧脸谱，悲剧台词
观众也是表演者
极力鼓掌，假装配合一场好戏

宁波天一阁

文字庇护文字
文字袒露文字，那些墨的黑没有浪费
尊重每一张薄纸的厚度

卑微照常供奉卑微
但不妨碍偏旁部首被善待，感谢
救治一些朝代的断壁

风雨，赶走另一场风雨后
一座山暂时安全
轻轻地推开一扇门，有人和春色平行

范先生收藏书，我们收藏
范先生
学习院外一棵老香樟树坚持的勇气

脚印隐忍了几丛野草，词汇

需要小心轻放

死去的，阅读者会替代它重新地活着

后山节气错乱呀

前山的梅花，那一年
被拐卖到后山

梅花就此断了颜色，春天不是娘家
夏天也不是

后山人古怪呀
用条狗链拴住一棵年轻的梅树

后山节气错乱呀
年轻的梅树精神失常，要嫁接枣子和花生

没有回音，后山的乌鸦命真苦
叫一声便是叫一声

春天的辫子

风从哪里来
我不问风，只问你
你从东边来，风就从东边来

春天的辫子放在三月
年轻的河流就向三月奔腾
阳光放低姿态
让三月的人们长得更饱满
但你应该是迁徙者
草原上的一匹马就是一匹马
辫子一甩一甩，奔放的格桑梅朵笑而不答

你从哪里来
我不问你，只问风
风从哪里来，你就从哪里来

每一滴雨都是被推向深渊

前面有神
后面有鬼

或者前面有鬼
后面有神

万物并非无辜
闪电和霹雳也伪装成同行者

每一滴雨都是被推向深渊
生死未卜

兀自

桃花开了
桃花谢了
桃树结了果子
桃子熟了，掉了下来
或者被鸟吃了

每一朵桃花，只是桃花
每一枚桃子，都是桃子
黑鸫鸟知道黑鸫鸟
但有些人未必清醒
他们更喜欢比喻、拟人、夸张和借代

我们并没有启程

只是挪动到了另一个稍远的地方

农夫和蛇的续篇

不是所有的蛇都忘恩负义
它就想凭一己之力拨乱反正

假装偶遇
又假装冻僵
农夫按照剧情，把它放入怀里

它假装苏醒
它要感恩，它不咬善良

蛇还活着
恩人非常开心
将蛇扔进一坛烈酒里，迅速拧好盖子

但远处，高山还在耸立

篝火，是人为的
几根手臂粗壮的榉木，已经成年
纹丝不动
连野草也没有叫喊
蹿起的火苗被一再压低

风，未必懂风
跨越山谷的阴冷，会收拾一切炙热
同情苦难没有任何分量
偶尔惊醒的夜莺告知
黎明前，依然烧不出一块根据地

但远处，高山还在耸立
悬崖上依旧有云朵，值得我们仰望的
绝不止星空
森林辽阔幽暗，到处埋藏
狼的眼睛

天钟山游记

那些被石斑鱼咬过的溪水们
赖在潭里不走
山风随性，所以清瘦
老叶子真老了，自己好意思落下来

有内伤的石头还在静养
回头路上，允许鸟雀念几句佛经
天钟山其实并没有钟声
但你要告诉草木，善良的山谷都有回音

苍耳的刺是软的，土蜜蜂的也是
群山慈悲
选择站在宽容一边
我也被放生

一些崭新的事物

有北方回来的光
有崭新的河流，崭新的人
崭新的鸣叫
马兰头蜂拥而至
太多的事物需要一同开花

不是有意提及难过
我没说田埂的小洞穴，没说刚醒的蝲蝲蛄
我只是想谈谈二月平
语气，如宽宥一只崭新的鸭子
迟迟不敢下春水

青梅的去处

五月的梅子可以分成三份
各有各的落脚点

豪放的，去煮酒
浪漫的，跟竹马嬉戏
剩下的都规规矩矩，等六月

江南清澈
一遍又一遍，雨水浇透金黄的人群

要去的地方

身体倾斜，语言倾斜
日子也倾斜
为去一个地方

那个目的地很笃定，篝火和星空
跳跃在河床
森林边上有公鹿的脚印
黑夜
草色类似一杯红酒
微风迷离
一直吹到午夜，最后并不是风
潮红在杯沿还没有消退
帐篷停顿
松枝究竟是何时苏醒黎明的
我并不知情

你只是好心告诉我，要去的地方
并没有带上我的季节

立在一个老地方

有人躲在黄昏里
有人从黄昏里跑出来，潜入黑夜
有人穿梭于黑夜和黄昏
有人立在一个老地方
不动声色
黄昏和黑夜只有无奈路过

喜欢一座山，并不是带走一座山
拜访，并勇敢攀登它
如果有人不动，山便一晃而过
那些人也是

吉日木图家的草原

习惯云朵
远处的牛羊，也是野狼
飞鸟靠近是一种印证
天空的空，并不保守

季风心地开阔
从来不吹伤这些种子的饱满
老实的苜蓿
不肯长出来任何头衔和修饰词

依旧打雷
没有一条狗会捂住耳朵
草原入药，是近几年的事
有星星从吉日木图家的帐篷下来，游客酣然

直立之后

河流被绑缚在河床
两岸尽是旁观者

但，鱼认为自己是自由的
河水也是
树木和人持相同观点

直立之后
那些友好的弯曲和匍匐显得异常突兀
现在变成了贬义词

小 河

小河不姓小
小河可怜，没有个名字

但它是幸福的
被抓上岸的鱼虾，没有
一次叛变

河床平稳，鹅卵石安逸
小娃们放心
立春的鸭子可以大摇大摆

空虚的部分

小麦半青
小麦半黄
囚禁和反囚禁的边界过于清晰

有人试图制造另一个春天
有人试图毁灭新的节气
去附和，一把把被收缴的锄头

五月最擅长呈现空虚的部分
麦秆是个证明
油菜秆也是

凡囚禁过的人心
或多或少也会有空洞，我敢打赌
六月的所有梅雨都灌得满

人们是青黄不接的一部分

放风的时候

并没有风，咕咕鸟寄希望于一场犁耙翻土

酒酿白

江南生出江南的雨
靠岸的船，总会惦记何时离开
但今夜不打紧
有人要等
黑，要就一碗酒酿白
药引不起后劲
酸甜是真相，刚好淹没一屋的湿气

江南可采莲，荷上水田田
雨黏人
跟江南的土话一样黏稠，一条船一夜
也扯不开一条河

夜，有云翻滚

在物色停靠点
路灯和每一个难熬的日子
都企图重新活过来

我想说的是
三月四月发生的事情太多
弄堂来不及煽情
扯开缰绳
那些斑马线，就开始四处奔逃
他们忘记了春天应有的矜持

夜空辽阔，城市
浮萍被打捞得一干二净
只剩下云翻滚，那是远方的
万家灯火规规矩矩
近处的
星星和烟头对话，无不闪烁其词

有斑马走出窠臼和马棚
在外面独自啜泣，路灯亮起来
又好像没有

失 神

他们从高岭土里，将神赶出来
他们从木头里，将神赶出来
他们从石块里，将神赶出来
他们从生铁里，将神赶出来
他们还从烈火里和大海深处，将神赶出来
……
几千年来，他们
将神全部驱逐出自己的身体

万物失去自己的神，便失去了智慧
从此，无精打采
任由摆布

三月，没有节气

油菜，开始取悦自己
万物百无禁忌，开出自己喜欢的颜色

鱼是水里的人
人是岸上的鱼，或者什么都不是

三月没有节气
诸事皆宜

比如，适合相认
任何苟且，偷窥不会长鸡眼

老墙上的水渍

兔子，狐狸，狼
奔跑的马匹，持土铳的猎手
狮子，另一只狮子
丰满的女人，半个火把

这些水去世之前
一定有话要说，老墙上布满思想
相互美好
或者你死我活的斗争

认 知

乡下的狗知道自己是狗
城里的狗不知道自己是狗
还有一些狗
开始不知道自己是狗
后来知道自己是狗
比如流浪狗
它们是可悲的，已经不知道怎么做狗

做一块石头
替它们说话
替它们行走

惦念一棵桃树

惦念一棵桃树
一只画眉的漂亮，是多余的
一条小溪的清澈，是多余的
小路的崎岖，是多余的
小心提防，是多余的

四月与某人坡上大干一场，不必担心
桃花会羞掉
能开出一身桃花的女人
春天才值得一提

不信邪

在找到一堵南墙前
我已经撞倒过东墙西墙和北墙

在此之前
还见到棺材，至于黄河
我依旧没有生出任何想死的心思

拒绝一切忠告和警告，所有活在人间的饭碗
我都要豁开一个小口子

邪
所以，不信邪

你来江南吧

目光开始炙热
而我，竟然忘记躲闪

微醺时，应该没有精力惊慌失措
但江南更适合走神

花是全部都开好了
屋檐准备了燕子，还是去年的那对

在你到来之前，这些都不算数
春天也没有真正来过

倒是那个逆光者，内心小桥流水
在人家前，四月先乱了阵脚

吉米，你是个预言家

公元前发生了一些事
公元后发生了一些相同的事
白天发生了一些事
黑夜发生了一些相同的事
海潮的浪花白了一万年，还会白上一万年

吉米，你确实是个预言家
遗忘不是人们的特长
重复才是
风不会传来任何讯息
河以北的高粱站得整整齐齐
等一个人的训斥和颂扬
羊群太多，河以南的草来不及生长

吉米，你说人们都想鹤立鸡群
而你要塌陷，成为一个深渊
你活够了

是他们硬塞给你一个春天
属于你的花没有开放
他们始终没有说出洞口的朝向，吉米
风停下来，就死了
黑白无常是一伙的

吉米，你说不要打听风停止的地方
没有遗物或者遗言
深渊根本不值得张望和同情
你习惯人们投掷石块，而不是供品
你还说，死是个谣言
生是笔糊涂账
生死，和你的离去毫不相干

吉米，今夜有月光
我想坐到你的预言消失殆尽时
有破晓，有风重复捎来你的孩子
他们，或许诞生于你的春天
开出你的花朵

过冬的安静

安静，与安静相遇
被抹平的山水就会重新长出来
新的山水适宜吐出清晨
稍微有雾
然后，清晨吐出寓言
各自放生今年豢养的小狐狸
彼此交换
去路，便有了来路
过冬的猎人无需消化粗粝的主题

红褐色的水杉没有杂念
芦苇也没有
灰鹭和白鹭走个形式就离开，所以
这个节气应该务虚

朝阳虚弱，湖面不断堆积事物
但没有任何企图

大雪未到前，一切背景都是原型
自觉自在
包容一个人的开门见山

陌生，并无不妥

炉火热烈，适宜马放南山
不适宜旧事重提

南山没有麋鹿，但有新的黄昏
一座旧森林在降落
那一只灰褐色很彻底
鸟就是鸟雪就是雪，不相互覆盖

一些塔松跟谁都不熟
没有一个想费尽心思索要攀爬
私藏的短尾松鼠
不用担心操行评语是否及格

黄昏是陌生的
马匹是陌生的，鸟和松塔是陌生的
我和你也是陌生的
相爱，只是一个极端事件

担心是多余的
团结，是一种堕落
反方向也能长出一支茂盛的队伍
比如雪

炉火熄灭，适宜放下马鞍
不适宜出门招呼

一棵乌桕，几棵乌桕

叶子红了
正在路过几棵行走的树
安分这个词好
风和日丽
没有事物企图尾随
上游放弃了收纳
下游有枝丫善良地伸出来

冬天，总得有代表出席
比如一棵乌桕，几棵乌桕
没有门槛，以及锁
你不担心遗失一切美好
你不担心暴露一切热爱

洞察一个画家

在雾霾笼罩前
割掉向日葵的一只耳朵
送给那个落魄至极的画家，连同
这把生锈的匕首

活着是次要的，万物虚火太旺
这么凉的晚上
单身的夜莺们口腔溃疡
提防一群发春的猫

河流的命苦，总被一些事
或者一个小镇拖着
两岸耳目太多
容易揭穿一幅画作的老底

不宜过早流放
不宜过早地谈论生死，他们会假装说爱你

与我无关

向日葵扭断过脖子，至今没有活过来

原 罪

骆驼是温和的，一棵善良的植物
居然站到了它的对立面

世间临死时的凸起
多少会留一点给活着的凹陷

是时候停止呻吟了
闭上眼睛，不平的路应该就到了尽头

一次集体的杀戮
让谁来背负最后的罪名呢

我试图打听当年它们的去向
沙漠掩盖住一切手段，合法的非法的

好吧，将来所有华美的入口
只是一个过去无辜的出口

稻草可能是有原罪的，它们的祖先
曾参与压死一条性命

一直醒着

子夜，出门上趟茅厕
隔壁房间
传来一声莫名咳嗽
我是晓得的
母亲在担心她的儿子胆小

自打生了我后
这个女人，就一直睡在醒里
即使快八十岁了
一声咳嗽够得着她的所有

小道荒废，还记得住方向

没有什么会被抛弃
一条羊肠小道荒废经年
还记得住
从东到西，从西到东
是一样的长
狐狸和跛脚的赤麂
它们都懂，所以来来回回

偶尔，生人会试探路口
荆刺硬起来
也在试探生人，野风
是清楚的
再衰的草芥，脚跟都有方向

栖 息

风走了
扔下一只乌鸫鸟，我和一棵苦楝树

一只乌鸫鸟走了
扔下我和一棵苦楝树

我走了
扔下一棵苦楝树

苦楝树不能离开，它有好看的花要开
还有另一阵风要来

坑洼的真相

黑夜总会过去
当然，闪电和雷鸣也会过去
狂风和暴雨结束后
春天也会结束

只是有些雨直接落进河流，抢先
成为河流的一部分
浩浩荡荡，浑浊不堪
而有些，完全不见了踪影

撕裂的树枝和碎片被收拾得干净
窗帘拉开，路上恢复车水马龙
只是那些遗留的坑洼，请不要企图全部填满
它们还会长在别处

外卖骑手

急着赶路的人，每天要将路赶上路
风赶上风，火赶上火

接下一份倒计时后，飞奔的速度
约等于一只羚羊逃命

小巷的一站，到大街的另一站
插秧田的双脚，娴熟地移出城市的老茧

这辈子的路，其实一年就走完了
剩下的只是又压低一层地皮

给自己点了一份便宜的盖浇饭，然后
不舍得给自己一个昂贵的五星好评

搭好梯子

然后拆掉梯子

是人们最擅长的事

石 头

石头和石头并不一样
有的喜欢山
有的喜欢水
爱热闹，爱孤独
爱平坦，爱高耸
有善的，当然也有恶的

有的一门心思想成为悬崖
供人攀岩
或者供人跳下

我们换了新井

他种了竹子
他舍不得吃笋
他砍了竹子
他劈成若干篾条
他在编制笨拙的竹篮
他将笨拙的竹篮投到一口老井里
他在勤劳地打水

他又种了竹子
他还是舍不得吃笋
他又砍了竹子
他又劈成若干篾条
他在编制漂亮的竹篮
他将漂亮的竹篮投到一口新井里
他还在打水地勤劳

秋 分

他们说
今天，黑夜和白昼一样长
上次春分
他们说，白昼和黑夜一样长
没有亲自量过
但我相信这里面有差距

经历过饥荒的人
我是知道的
十斤棉花比十斤水稻轻
秋分，肯定比一个春天还重
我相信经验

夜游千岛湖

黑，诞生在黑之外
一定有所安慰
一千座岛屿可以共同证明

水和岛屿一样
不可见
船在湖中心停了下来，等渔火上来

灯芯草很自律
拨动一次，就轻微晃动一下
风肯定是秋风，毕竟人开始凋敝

朗诵这些星星相当有难度
他们是活的
还在朝你眨眼睛，他们明目张胆

他们和他们，以及塑像

他们造一座寺庙
他们抬进来几尊泥塑
他们每天敲打木鱼
他们在神像面前放上功德箱

他们虔诚地下跪
他们磕头
他们甘愿掏出自己的辛苦钱
他们买神保佑

他们和他们，以及塑像
都是可怜的
他们之间相互摆布

他们的生计

算计一吨棉花和一吨铁
他们这是有多恶呀
青蛙的口粮
在井里训练爬上三米，又下滑一米

我是清楚知道的，他们
上古就不善
逼迫一个老妇人搞行为艺术
没日没夜地磨铁杵

世间焦虑呀，人流湍急
河流凶险
喜鹊为了他们的生计
开始学会报丧

第一场雨今夜重复来临

门的口子越开越窄
从容纳两个人到一个人
现在只能侧身
凳子垫高，因为老灯泡需要更换
高过即将来临的雨季

较量。容易发生在夜晚
一条战线上的敌人，床上虚构了
有性别的陷阱
翻动身体是一种保护
就像以前院子里的亚麻，晃来晃去
驱赶野风

苟且是俗套的
凡俗套的，难免沾染人间污渍
手洗机洗干洗，好过一次性抛弃
爱情进化的情节基本雷同

而且涉嫌相互抄袭

新换的灯泡，很亮
重启一遍欲望
但屋里依旧漆黑，第一场雨今夜重复来临

春江水暖

其实，是一条河
流水不忙碌，比名字更重要
一切要素安置妥当
柳条和风，不会彼此慌张

柳信是春天最具体的一部分
早起的女人也是
和芦芽一起从浅滩浮起来，洗濯
自己早起的桃花

此刻，我寄希望于几只鸭子
能叫出方言
三月有真正的耳朵
他们和河豚鱼流进同一条新鲜

这些波纹荡出去，又荡回来
没有一圈是湿漉漉的

他们不赶时间，没有逼迫
一条河，能自己养活自己的温暖

苏北早熟，那年

人们早早在田埂上忙碌
我时令的兄弟
要么在拔节，要么在开花
而我必须学会结籽

你用马海毛给我织了件线衣
穿上后我就启程去南方
长江第一次穿过正在发育的胸膛
我开始为你成人，连同
送行的风

苏北早熟，那年
没有叛逆期，三月直接桃花满树

断了烟火

烟囱不知道犯了什么错

一直站在这里

罚它看蓝天白云，看飞鸟和星星

喀喇昆仑山有一场雪崩

接近天，更接近太阳
硬骨头耸出地壳
不近人情，禁区毕竟是无人区
悬崖和戈壁
统统被强紫外线灼伤过
清澈的雪水洗涤年轻的眼睛
明亮，为要提防野兽

所有的积雪同仇敌忾，喀喇昆仑山
有一场雪崩
加勒万河谷立场相同
总有人比我们更早抵达正义
去清理一次阴谋
来明确一下自己的海拔

山又高了一截
敬，那年六月的生命
有血性的砾石，容易硌痛一个屋脊

梳 理

东在西头
西还在南荡
南在北家沟
北在东头

腊月回老家，我都要帮老娘梳头
顺便梳理
两条小河的流向
一条土狗的乱叫
还有，扳正一些反了的旧俗

梯子

不用递给右边一把斧头
不用递给左边一把锯子
没有人翻过黄昏
没有人翻过黎明
槐花开的时候，南墙会靠着南墙
桑树叶拔光的时候
有人把风，有人下落不明
有人将自己裹住，不辨真相

不能见面的女人

趁四下无人
我便从心底掏出一个明媚的名字
一遍
两遍
三遍
……不是在寻找
是喊一个不能见面的女人
拥抱、亲吻和告别

油菜花黄了又黄
桃花红了又红
燕子飞回来，又飞出去
内心堆积满三月秘密的人，无法与春天相认

我也是多余者

一枚成熟的果子，就是一粒药
秋天治愈秋天
然后，治愈一切的多余者
他们是三月的喜鹊
他们是无所事事的稻草人
他们是不想红的枫叶
他们是……
其实，我也是多余者
但我有太多的事情要做
比如铺好白云，让自己的爱人躺到上面
比如在凛冽抵达前
我要保管野火，藏匿治疗哀伤的偏方

陌生的梦

一只花狸猫吞噬自己的虎斑
一棵桃树吞噬自己的粉红

四月，陌生的房子
窗子关不上，没有什么不在开放

没有什么神秘事件
有人做梦，身体一抖坠下悬崖

原罪的起源

据说，梦是黑白的
噩梦是
春梦也是

年轻的烈焰持怀疑态度
灰烬选择相信
黑白无常早就跑出真相之外

岩石后面有苹果树
有毒蛇埋伏
红色的信子够一千个谎言出没

实用主义

拔掉院子里两棵旧枣树
又种上两棵新树
一棵是槐树，另外一棵是桑树

槐花开的时候，我骂桑树
桑葚甜了，我骂槐树
我光明正大，绝不搞指桑骂槐的伎俩

他们的上帝

没有一个。追究他的罪行

没有一个
有权力关上属于你的这扇大门
终究是愚昧的
他们。为自己开的那爿小窗
正沾沾自喜

“为什么会有上帝
因为。有人拼命要做信徒”

有这么一个人，或一群人

举头三尺有神明，但他没有
他的头颅一直低垂
不在保佑之列

他只好自己保佑自己
或者，做自己的神
不被其他神明和信徒发觉

警 告

他们告诉我
这是压死骆驼的最后一根稻草
我并不蠢
这分明是骆驼的最后一根粮食

我庆幸，我的眼睛还是我的眼睛
所有被颠倒的黑白
我敢于正视
翻过来，就有覆过去的时候
他们不会明白
群山那么多土和石头
到底是干什么的

这些可爱的小鹿

是我的女儿

周遭丰茂的草木

也是我的女儿

致女儿 *

父亲的反义词是儿子
父亲的近义词是女儿，这是一个哲学家说的
我表示赞同

女儿诞生后
一条小溪便有了父亲
鹅卵石和鱼虾，全部可以放心住下来
河床也是柔软的

星星那么近
云朵那么近
树梢那么近
春天那么近，溪水可以亲吻他们的额头

“自从有了女儿，我视万物为亲生”

* 作者女儿的名字里有一个“溪”字。

青果巷的斯文

青果巷很好看
正面和背面，都是好看的样子
一个季节风风光光搬走了
另一个季节，又风风光光住进来

石道的年纪有些大
应该有人奔跑滑倒过，比如那些大儒孩提时
穿旗袍的母亲会责罚他们背诵三字经

几棵古树生得规规矩矩
鸟虫的鸣叫，也是文绉绉的
巷子里偶有野风，但很少敢放肆

白墙不高，窗户适合注目
门是不能敲的
有些穿西装的青果不太听话，会自己跑出来

初冬西塘

初冬拖着小镇，进入淡季
人家放低姿态
放生流水，放生小桥
老巷子依旧固执
只要有人路过，才清醒一次
添上一笔
但猫是可以省略的
他们懒得动
落叶懂事，落在年轻的民宿里

发梢拢到耳后
我听清一个背包客说，想住一晚

五十岁后

要开始迷信眼睛
看见什么，就是什么
骂槐树，就骂槐树
不能冤枉旁边一棵好看的桑树

预备蜡烛和火柴
黑夜和黎明是固定的，不必害怕
不再驱赶乌鸦
不用欢迎喜鹊

热闹过后，应该清楚没有新的热闹

鸟，和其他

所有鸟的怒火加在一起
点燃不了一根树枝
即便算上我的
也不行

但一块钱的打火机，可以

稗子是清醒的

你断定，稗子是异类
那是你站在稻子的立场上

确定好敌人后，下死手便是正当的
连根拔起一条条活命
内心不用一丝愧疚，替天行道

稗子是清醒的，你别在腰间的镰刀
也不是稻子的朋友
但此刻，没有一棵稻子相信

填补空白

稻田失去了蛙鸣后
季节要学会对付一些空白

空白的中心
有很多新鲜的茬子，我留意过
没了响动的田野多么平庸

大地迟早要腾出来
聚拢些心声
相互被俘，又相互覆盖

拔根芦柴花花

芦柴分为两类，一类
是扬州芦柴
另一类是其他地方的芦柴
扬州芦柴们个个心里有数目
五百万扬州人
每人要分配一根芦柴花花

圩荡善良
所以芦柴齐整，如一套家伙什
扬州人的手劲刚刚好
一根根崭新的芦柴花花从身体里拔出
拔音就是小调，扬州的小调
欢快之外，还有欢快

“叫呀我这么里呀来
我呀就的来了，拔根的芦柴花花”
只有拔了一根芦柴花花的扬州人

才是我的个扬州人

扬州的春天，才算结尾

秧田安稳，鹭鸟们开始孕育新的鹭鸟

雪，病房外的雪

外面在下雪
没有冤情，也没有兆丰年的使命
雪，只是雪
就像窗台上那只麻雀，只是麻雀
不站立场
允许一个病人没有过去，也没有未来

现在高压 160，低压 110
心率在正常范围
发烧水肿，肺部有小的结节
吃药挂水打针，听查房医生带来消息
好的，坏的
多数是不好不坏的
有人推门推销假发，说化疗者打八折

雪下得真大
这么白，第一次看见这么大的白

没有立场的白
白色笼罩一切希望和失望
白墙白床单白大褂白色药剂白血病
白麻雀，和白色的鸣叫

春 晓

黑色比白色更具有侵略性
伸出左手，不见左手
伸出右手，不见右手

让风全部过去
让雨全部落下来
春梦，是春天戒备的部分

肯定的
谁在怂恿我清点今夜的落花
他们却忘了鸟鸣的次数

我们和他们

我们漏洞百出
我们度过了所有的苦厄
多余的，依旧多余
白云最终还会变成乌云，我们
落下来

有水，竹篮反复打水
他们一生有无数的破绽，他们撒谎
遮羞的那一刻
他们不能自圆其说
上帝开始有罪，连同上帝所有的信徒

无 题

打烊了一个时辰。夜

开始真正贴近城市的肉身
寂静是富裕的
落脚点，有那么多

我和半杯冷咖啡，色胆包天
彼此拥有
收成微薄的苦，一切过时的毛病

喜欢盘点失地，及旧爱
香烟药性还是太弱
街灯亮度，远不够给迟睡的人手术

老 窗

每一个格子里都是空洞
木头很早就放弃
方正和隔离的意义，光和影有些形式主义
风只是路过

窗户老了
它需要年轻的眼睛
善意的
哪怕是恶意的，比如一次偷窥

幸运草

我找到三株四叶草
朋友们劝我，赶快买彩票

我将它们分别送给
被类风湿病折磨的云大姐
失业在家的老钱
正在考公务员的吉姆

老钱没要，我给了小区的一只野猫
它刚做了六个孩子的妈妈

我收到几个青团子，半瓶老酒和一个拥抱
还有一双警惕的眼睛

这个地方适合发呆

灶膛有柴，锅底有热灰
碗里有饭和菜
门边有狗，门前有河
河里有小鱼小虾

树，爱长不长
花，想开就开
小路习惯怠慢每一个过客
像对过的山谷，懒得有回音

猛 药

首先，数绵羊
无效

其次，数山羊
再无效

再其次，数牧羊女
仍无效

最后，换成数狼
终于鼾声如雷，睡姿似一只羔羊

灰度

一些从白里跑出来
另一些，从黑里逃出来

真理十分荒谬，凡排他的
都不干净

非黑，非白
对黑亮黑，对白举白

灰麻雀从黎明中苏醒，最先鸣叫
周围的眼睛在提防黑白无常，过度索命

有了犬吠
就会有更多的犬吠
但故乡的夜路很窄
不够那么多犬吠

归 类

一把铁制弹弓，缺齿的篦子
二胡，父亲拉过样板戏
一本初中毕业纪念册，好像哪个同学送我的
沉默廿年的石臼
斧头和竹梯，以及半张奖状
几根钉子老实在墙上
空虚的燕子窝
去年的春联，疲惫的榆树上有刀疤
一只诺基亚手机
一条怀孕的母狗，邻居家的

老房子要拆了
我将旧东西们归归类
哪些大于我，哪些小于我
当年那些等于我的
比如，一条牛仔裤和一本诗集
我带走了

一场虚无

从殡仪馆走出来，一切
在失重
一辆车是轻的
一条马路是轻的
两旁耸立的松柏被速度放倒，连同
那个徒步的人
或男或女，或美或丑
饱满或者干瘪，一切在失真
如风虚构了自己，然后虚构了摇摇晃晃
灰尘是所有事物的源头，也是尾声
有墓碑的山，喜欢高高低低
但一切在云朵之下

只有你，现在应该在云朵之上
失去一生的是非
而是非，即人间的重量

中元节

在河边，在老屋
在十字路口
在停车场
在公共厕所
在门背后，在床底下

今天不要搭讪灯火，也不准
猜忌黑暗
宽恕前
人人心里有鬼

一封遗书的解读

“我走了，你们准备好了吗
我来了，你们准备坏了吗”

前一句，好像是对上头说的
后一句，好像是对下面说的

过 河

有钱人，选择船只
穷人，直接赤身裸体蹚了过去
有些胆大的，摸着石头
让激流淹没膝盖，淹没喉咙

为什么要过河
没人问这个貌似愚蠢的问题
也许河那边会不一样呢

一位抽烟的女士

摩天大楼那么高
一般的夜色，是进不来的
进来的
就出不去，或者不想

一闪一灭间有火，有光亮
有穿裙子的在失眠
有微风吹过裙摆
阳台上开始分泌各种小的心思

吸烟女士是偏僻者，生人勿近
高跟鞋，也高不可攀
一只脚
需要另一只脚翻译

今夜有月光照亮，不是你的
也不是我的

烟蒂数枚，都有温度
没有噩梦，失眠就是

烟雨江南

目光要尽快收回来
一寸不剩地
透过烟雨的深邃，会判有罪
五六月，江南每天洗濯
富家女子呀

白净，看见便会丢魂
凡没有收回来的，一一记录在册
每块青瓷釉面
都有年轻的男子滑倒过
为青梅，为竹马

大雨过后的黄昏

一场大雨后
立在芦苇头顶上的翠鸟，不是实的
是个虚词
有多虚，雨前只停过风声

风是不幸的，从过去来
到将来去
抽出一条现代的河流，却没留点痕迹
如鱼，鱼也是个虚词

鱼是猎物，同时也是猎手
有双眼睛在觊觎芦苇头顶上的实
夕阳实，收敛了一切像样的锋芒
收敛了一切柔软

主动和被动的欲望
剔除了一切无关紧要后，今天的黄昏

是黄昏

虚实配合，和我相得益彰

不要分类

不要分类
大地，天空，树木和河流
爬行的虫子，野兽和直立行走的人
钉子，孔，一幅抽象的裸露
都是一体的
都流有血液，生老病死

非睿智的人才会分好坏
闪电和一场无辜的风暴，不是悲剧
更不是喜剧
我们的兄弟姐妹，也是
我们的敌人

当一切敏捷死去时
愚钝有光，也会继承呼吸
但不要分类，他们都是活着的

串场河边

芦苇，和芦苇知根知底
水鸟，和芦苇知根知底
渔船，和芦苇知根知底
串场河边
芦花来了，芦花去了
来来去去的事物
每一株芦苇都应该清清楚楚

没有外姓的芦苇侵入
家长，长着里短
闲事，挤着闲事
月光和灯火很灵活，还有回旋的余地

惯 犯

风是雨
雨是风
熄灭不曾篝火，啄木鸟上的悬铃树
一千年前的样子

泥土在变成石头前
并不痛苦
春天融化时，雪试图掩盖一种兴奋
正反两派在悬崖边相互串供

一个惯犯，在制造落差
一个惯犯，自己逮捕自己
一个惯犯，逃之夭夭
一个惯犯，设立庙宇

我的爱人

汛期来临前
小河与斑马线的心思接近
暮色笼罩
楼下的湘菜酒馆里挤满喧嚣的桃花
但没有季节的眼线
低头就放心饮到一杯春潮
我们开始微醺

亲爱的，我必须承认
我是个俗气的人，躲不开金木水火土
浑身上下都是破绽
你清澈的眼神，有森林有小溪
有三月的马匹们出没
它们真诚
它们漏洞百出，但它们毫无顾忌
它们跑出了森林

斑马线上没有斑马，它们相互搀扶
城市深处，它们的夜色和路灯
漫过了脚踝
雨水又漫过了一些故事
但它们年轻
它们没有打伞，允许我的爱人
开不出粉色的花朵

六月的记忆

乡下的河，没有见过什么世面
乡下的石头，乡下的鱼虾

乡下的孩子
乡下的泥鳅，滑溜溜的
小河抓不住
也劝不了

不打紧的，不打紧的
六月的风，一吹就好
半干不干地隐藏
可以瞒过土狗，瞒过白内障的奶奶
那年我记得
没有瞒过娘的几根柳树条

盲人摸象

租来一头动物，拉来一群人
目的是构建一个“有目的”的故事

诬陷，需要光天化日
事实被人故意蒙住双眼

城市里，尽是明亮的眼神
盲道至今警惕大象

老鼠不是荤的

狸花猫跟着和尚信佛
打坐念经
吃了一礼拜素后
差点就饿死
是一只濒死的老鼠救了性命
于是它开始反思戒规

和尚责骂它杀生
狸花笑道：猫的世界里，老鼠不是荤的

寓言

蛇醒了
不知去向

农夫醒了
也不知去向

现场，只留下一个伤口
警示无辜的人，或者蛇

街上的年轻人

雨并没有停下来的意思
那些步行者，也没有停下来的意思

年轻就是这样
打伞，是对年轻的不尊重

一切不值得屈服
街道上的积水，有细小的浪花

等过了这场雨
他们的春天，可能就过去了

懂事的一棵树

从身体里掏出这么多枝丫
长的短的，粗的细的
从身体里掏出那么多叶子
又掏出花和果实

这棵树，得有多懂事呀
要让人们看见风
看见一年四季
让鸟儿有地方演唱，歌颂一切

一棵树掏出叶子

掏出花朵

掏出所有的果实

掏出一年四季

掏出一生的光亮

老房子，白桃花

近，再近一些
每年都使劲够过去一点点
去接近日子的真相

窗子里的秘密，被人封口后
桃红再也没有名分
开出自己的白色，或梨花
或杏花，即便雪花
也符合时下的逻辑

无人问津，所以
一树的不甘，在慷慨怒放

有一朵云的人

首先是通体洁白
然后是一朵云
最后是离开，但山还在
村庄还在
人不动声色，一树的栗花自己盛开

云没有消失，只是住进一个人的心里
天空也没有空
悲悯的蔚蓝抑制不住地结尾
应该配得上这次的开头

家里的挂钟

按时起床
按时上班，按时吃药
按时分给小满猫粮
按时关心脱发
一场雨，按时将腰间盘突出

没什么不好意思的
我按时交工资，我按时交公粮
墙上的挂钟是二十六年前买的
中间修过一两次后，跑得有点慢
但是他并不老
他还在分泌我家的时间，跟我一样

噩 梦

数了一夜的羊
越数却越少
最后，全跑光了
一早醒来
发现羊一只只全部立在树枝上

噩梦里跑出来的
怎么哄都不肯下来

早春，又近了些

倘若你和我再次晤见，白梅花
刚到枝头
你的头发还是麻花辫
就找个旧的小酒馆
点一盘油炸花生米，一盘青椒肉丝
一个你爱吃的，一个我想吃的
喝杯老酒
或者是三杯，五杯
一句话都不用说，这辈子都说完了
喝好了
我就起身离去，不要客套

刚出酒馆门，早春又近了些
街上虽然车水马龙
二月，人们的眉目和手脚都很干净

刺 青

明前的雨水终于松口
四月，牵扯出一些事一些人
舌头原本压着一些要命的桃花
现在有人开始提及

老人们的话题有头
但没有尾
没有高度和深度，也不肤浅
不至于一场雨就淹死

村里头的第一个刺青
雪白的胳膊上是个“明”字
二丫头走的这年，河水蓝藻泛滥
怎么捞都捞不干净

局 限

一提起盲人
我首先想到的是推拿
然后是阿炳
至于摸象的那次
应该算作一场集体的污蔑

我打听过那头象的下落
盲道上，有人在算命
马，在马路上不知去向

一只乌鸦，和黄昏相反

低沉，一再低沉
阴郁，一层层阴郁
光秃秃的树枝撑起了整个天空

一只乌鸦，和黄昏相反
它的鸣叫声滚烫
扯开嗓子喊呀，这天寒地冻
需要裂缝
需要没有被屈服的出口

分贝，和春天一样激烈
和夏天的一样热烈
和秋天的老虎一样猛烈

刺猬

每一根刺，都有明确的来历
之前，只是温顺的毛

世间的冷枪，暗箭
糊里糊涂的人不去记载
何况他们会遗忘，会原谅
甚至，握手言和

但你不一样呀，你要让自己清清楚楚
一次伤害，就修炼一根

之后，便浑身有了锋利的矛

一匹马站着，成了烈风

你，一个江南女子
敢举着秋天的一片尾声，恫吓烈风

这让我想起，一只漂亮的青花瓷碗
被一幅马形的剪纸咬破个缺口

这马一定去过戈壁
山尖被削平，填在低洼处
高潮和低潮，落脚的地方你一直不落脚
戈壁，是你的痛处
自你脱缰后，吃一根荆棘硬要吃到流血为止

血流得酣畅，但不是白流的
一匹戈壁的马，会长出原始的血性马鬃
很好看，真的很好看
你站着，成了烈风
江南难得遇见，但缺了口的青花瓷碗到处是
你们都不愿意吃马槽里的温顺

食物链

大雪逼迫草原一退再退
最后躲进一处水洼，对峙

天空逼迫云一低再低
低到绝望处，也躲进一处水洼

还好，人间是一个食物链
一只羚羊敢吃低处的一切
包括落下的云
还有不断蔓延的大雪，弱者都认识
那是水在拼命复仇

纯 棉

我喜欢纯棉的东西，百分百的棉
蓬松，柔和温暖
不起球，还没有静电危害

父亲是纯棉，母亲百分百也是
太阳是纯棉的，月光也是
春天是纯棉的，池塘的蛙声也是
故乡的草垛是纯棉的
一九七五年正月，我出生的那年
夜色应该也是

哭声和笑声，在那个年代很少有化纤的
大部分家庭还消费不起

一个说话带有芒刺的女人

麦穗天生有芒刺
槐树是，花椒也是
哲人说，好的东西需要上帝保护
比如，玫瑰

刺是直的，学不会弯曲
实话，本应该实说
从不拐弯抹角，直抵到痛处
好像中医的针灸
能治愈人类很多慢性疾病
比如，喜欢迎合

我喜欢这个女人，她不一样
她是芒刺上生出的花朵

张 平

爷爷说，最好改成张萍
族长说，爷爷讲得对
小学老师说，应该叫张萍
户籍警官说，老师讲得对

爸爸是棵榆树，擅长固执
“我的女儿我做主，不能成为浮萍
我只需要她一生平安”
妈妈是另一棵榆树，固执地相信爸爸

张平，女，四十二岁
某企业总经理

祭扫

印象中已经第三次迁坟
摆了果盘，点了香烛
烛泪滴在食指上
不痛，也不痒

我坐下来点了四支烟
一支给父亲
两支给爷爷和太爷爷
一支留给自己抽

老母亲说，一晃二十八年过去
我数学差，伸出的手指头弯了又弯
二十七年前的我
常为父亲拷老酒的小背影，捧了盒子

都是偶然
没有什么惊天动地

都是必然
没有什么欢天悲地

母亲说，我们已经是第四代单传
然后呢？我问
母亲不作声
她知道，我和她都没有资格列入家谱

阴霾笼罩的一个黄昏
女儿看着我说，到时候把灰冲进马桶
儿子看着我们说，这是一个什么神奇的话题
男人总结，最好的参与方式是沉默

从茅厕到马桶，其实没有什么进化
扔进去的都是未来的母亲
那些女婴来不及啼哭
一代男丁重新开始繁衍下一代男丁

父亲的烟最早抽完了
其次是我的
爷爷和太爷爷抽到一半，灭了
没人记得周遭这些柏树的名字，除了我和母亲

伞

家里有二十二把伞
没有一把是自己掏钱买的
有存钱银行送的，有开会的纪念品
有客户尾牙摸奖摸到的
有超市促销
有借人家没还的
有某人上门拜访忘记拿的

有短柄的，有长柄的
有贵的，有便宜的
有黑色，有克莱因蓝，有五颜六色的
有自动的，有手动的
有尼龙伞，有布伞，有油纸伞
有坏的，也有好的

今天又下雨了，我依旧浑身淋湿
但我家里有二十二把伞

一座有名的湖

圈一块风水，掘开
一座湖泊
野蛮人掏空宝地里所有的骨头
然后豢养桃花柳树
供人欣赏，把玩

不痛的人，写些不痒的文章
仕女和十里春风一样
歌颂者忸怩作态
古寺的钟声，一次次沉淀
淤泥开始恶臭，有幸存者跌入湖底

他们说

他们说，鱼目可以混珠
他们肯定是鱼目，或者有人抓住
珍珠的把柄

退出所有的喉咙后，河流
就不会讲出事实
人们停止成长，眼睛只接受反光

鱼目挤尽水分
光泽就彻底干涸了，几条弯曲和起伏
逃离得十分利落

他们还说，珠也可以混鱼目

主动做陌生人

做一个陌生人
与一切熟悉分裂，包括亲人
边界也要清清楚楚
熟悉，会让爱背负沉重的痛苦
是原罪之一
所以我不去认识一条流浪的狗
不能抚慰它对主人的失望
像一只叫不出名字的鸟
丧失全部身份
停在一棵苦楝树上，可以自由啄食
任何一枚果子的形象
甜的苦的，甚至索然无味的

那就撕毁最后一张朋友交往的契约吧
从此，我和人间无关
如果善良和仇恨也都没有了
天堂应该就在附近

一棵树的鸣叫

像其他树一样
开花结果，风来就正确地摇摆
这棵树可怜
死之前，没有搭过鸟窝
死之后，鸟不肯停落

被锯掉
被劈成柴火
被燃烧，火苗汹涌乱蹿
有“啾”的一声，从灶膛里发出
清脆洪亮
像极了一粒新鲜的鸟鸣

人间生得太狭窄

前半生，给黑者留白
后半生，开始为白者留白

草木用完人间的懦弱
勇敢离去
我也需要这样的一次呐喊
大山不敢回音
然后，用一根草绳束缚
提心吊胆的思想

唉！人间终究生得太狭窄
翅膀放半开，我就怕戳破苍天

韭 菜

割一茬
长一茬
再割一茬
再长一茬

他们嘲笑
不敢结党，一生只学会顺从

“快刀割不尽，春风吹又生”
壮阳草那么多根须抱团在一起，死命地抓住了大地

猫是个发物

深夜叫春时

有人浑身过敏

犬吠，就有更多犬吠

这些矮的板凳不会躲
这些高粱秆笔直
悬空的星星，照常闪烁
倒是那条没有源头的河流，拐了几个弯
擅长去另外的地方

有了犬吠
就有更多犬吠
麻雀们一哄而散，陌生人也是
幸好篱笆墙有漏洞
草垛拮据，不适合有名字

据 说

“据说，好好活着可以拯救另一个人”

不要去打听另一个人
不要翻动另一个人的心事

不要查询雨季
不要靠近崭新的伞

有人挤上公交车
有人没有，站台上那个女孩是只离群的白鹭

白鹭没有慌张
一半身子站在雨里，拯救自己的一半

两只鹅的事

他们没有姓名
他们相互喊对方的绰号

翻翅君，翻翅君
跟屁虫，跟屁虫

他跟着他吃素的苦荬菜
他嫌弃他，或者共同驱赶一条土狗

能拦住陌生人的去路，他们胆大
不敢回家，他们胆小

他们是今年的新事物
他们是今年的新食物

种房子

拔掉秧苗
拔掉正在发育的麦子
拔掉有了第一次胎动的油菜
拔掉蛙鸣和水稻
拔掉一条河

他们开始种房子
房子长得越来越高
高过人们的父亲，和母亲
放肆地
淹没一茬一茬的孩子

鼋头渚樱花

我是随一只红嘴鸥，来无锡
寻找三月拥堵的真相

太湖的浪花一丁点都不浪费
鼋头渚悉心收集好，准备点缀在树上

幸运的树在哪里，线索陷入困境
真相伸向半坡盛开的雪

一场雪莅临
樱花谷开始接客，浪花一批又一批

一切的阴谋

我们善于制造朋友
我们也善于制造敌人
他们都是无辜者
他们都是时间的产物
羊肉贵时，挂个羊头
狗肉贵时，挂个狗头
我躲在一切的后面
我吃香的喝辣的，或藏得更深

老母亲的朋友圈

茄子、黄瓜、辣椒
豌豆、长豇豆、马铃薯
韭菜、四季青、萝卜
……

这是老母亲朋友圈的好友
辣椒的标签里，有朝天椒、青椒和花椒
她有些糊涂，花椒十分无辜

老母亲拉黑了几个好友
洋辣子、鼻涕虫、天牛和蝲蝲蛄
她背过身说香菜不太好吃时，芫荽标记为不可见

样子，有样子

旧书，是旧书的样子
小满打瞌睡，是小满打瞌睡的样子
老窗户，是老窗户的样子

风，是风的样子
黄昏，是黄昏的样子
来去，是来去的样子

你，是你的样子
我，是我的样子
我们，是我们的样子

其实，我想说的是

一个好人
或者一个坏人
或者一个不好不坏的人
在他们新鲜的伤口
撒上盐
会一样疼痛

其实，我想说的是
人们花在生殖器上的精力太多了
并没有什么进化

春天来了

日子过着日子，没有
动的痕迹
寂静和沉默，也是翻来覆去
节外生枝是个美好的词

我得设法弄出点响亮
比如，泼妇骂街
比如，用筷子敲击饭碗
行夜路时吓鬼的咳嗽
但谁真的在意呢
一个赞美者抑郁了将近半年
没有被发现

我向河对岸的狮子，扔了块石头
于是，春天来了
雷声轰隆隆，雷声轰隆隆

溺雪

江南雪少
根本不够骚客们争抢
幸好，江南法子多
先放些早风
吹走一部分浅薄
再下点晚雨
洗去一部分浮躁，然后
冷落它个几日
冬眠一部分狂热分子
剩下的，全部被一场清雪收留

江南水浅，少有溺水的人
但有溺雪者
如饥饿的斑鸠，一头扎进麦浪的黄
放生在一片欢喜里

诗得凶呢

我说，我现在写诗
我的诗获奖了
我还加入了作家协会

老娘说，村西的断头路长好了
今年的山芋甜得凶呢
昨天烘了两个，灶膛就吃了一个

老娘是个文盲
她不知道如何写自己的名字
我突然很羞愧，老娘讲的话诗得凶呢

推翻，往复推翻

树木被赶上来
树木被赶下去

我们不知道自己会死
像草芥理解野火

清点后，石头正好
山，只是一点点分泌物

傻子不会去攀登高峰
一米海拔，就够聪明人用一辈子

劝 解

我捂不住我们的一些事物，亲爱的
你决定
走出一棵成年枣树的疾苦
秋天每一枚枣子
在拼命地红，一本正经地甜
有斑驳的群体路过
有慌乱和祈祷路过
但我要远离那些容易哀伤的影子
这个地方已经没有秘密
所有清白
被我和你的坏风气翻了个遍
亲爱的，你劝我要结识一些明亮的人
请再走出来一点
尚未哭泣的孩子不知深浅
他们站立在暮色里太久
容易消失

囚

关进去的是个人
这个人，一撇一捺
依然站着
跟外面的人一模一样

我看了半天
还是没有摸到门，不知道
应该先抽哪根木头
可以放他出来

事物的另一侧

有狗朝我大声叫唤
后来就不叫了
它开始冲我摇它的尾巴
眼神和善
其实，我并没有逃跑
也没有绕行
我知道我不是祭品
狗还是那条狗
我还是我
我只是去了事物的另一侧
狗也是

战争结束后

战争结束后，人们刻苦种粮食
人们刻苦打磨机器
人们重新戴上绅士和淑女的帽子，相互致敬

有人却不同
刻苦种上墓碑
刻苦种上一树夹竹桃花

始终跟胜利保持一个钢盔的距离
他是过来人，他知道
五月结束，六月未必开始

夜宵摊

卖炒饭的王二狗说
买买提真不是做生意的料
你看
他的新疆老婆，还有两个儿子
都敢吃
他烤的羊肉串

他是个干涸的人

小河不能灌满他
于是选择湖泊
湖泊不能灌满他
于是选择大海
大海还是不能灌满他
在渴死之前
他倒出小河、湖泊和大海

他是个干涸的人
他是个善良的干涸的人

民工仲春峰

他说，大厦的八十八层
有根海碗粗的钢管上用刀刻着他的名字
建筑者：仲春峰

仲春峰是我的初中同学
成绩优秀
但因家贫，初二辍学

这次同学聚会，他喝多了
他悄咪咪跟我说
他在八十八层向下撒了泡尿，那是他这辈子最高的尿

瓦尔登湖

简单，从一条狗开始
从一条船开始
从木屋的小开始

粗鄙的鸟雀，叫得越来越单一
有的甚至停止鸣叫
求欢过于复杂，漂亮的羽毛需要费心思打理

风和清晨一样
雪和黑夜一样
跟人的关系不大，一切都在重复交换

幸福是什么
岸上的树木流到湖里
湖里的梭罗流到岸上，周身布满清澈

渔船和灯火没什么脾气

岸边小码头规矩

槭树和桉树也只是相互小推搡

绝 技

他们苦练一种技艺
将一碗水端平

四平八稳的平
风平浪静的平
歌舞升平的平
平步青云的平，不是
踏平灵霄的平

站姿即便倾斜到 45 度
不会洒出半滴水，堪称世界一绝
本以为能以此为生
直到有人过来，倒空了水收走了碗

黄 昏

湖水被点燃
对面的山坡被点燃
鹭鸟们被点燃
一丛芦苇被点燃

燃点那么高，又那么低
那么近，又那么远
岸上立着一个人
燃烧起来，补充进热烈的黄昏

你们务必相信我，正如我怀疑你们

这是一只蚂蚁
不是螳螂，不是蝉
更不是黄雀

我们必须集中全部的心思
剔除所有的杀机
来拯救这位热锅上的来历不明者

谋杀和自杀没有本质区别
阴谋的表象很薄
攥在手心里的秘密，已有明显的伤口

是成年后才知道，水可以洗掉一切痕迹
然后是灭火
最后才是解渴

乌鸦口渴了，到处找水喝

但水已被藏匿，或者挪作他用
井里那只坐着观天的青蛙也语焉不详

我只能背过身去
灶台已是烈火熊熊
蚂蚁们爬满我的身体，疯狂啃噬真相

我是在讨论一只蚂蚁的性命
你们务必相信我，正如
我怀疑你们

领导的内涵和外延

看谁不顺眼，你可以骂他一顿
看谁顺眼，你也可以骂他一顿
还有些你没看到的
他们会主动送上门，让你骂一顿

盛开的栗树花

忽略斜坡的精准度数
放生野风
杂草掩饰小路
怠慢几次旋木雀的歌唱
屏蔽慌乱的虫豸
还要剔除人和他的一切现代元素
或者，其他暂时仅是作为背景

这一树盛开的栗树花
没有解释，没有真相和误区
单独溢出现实

乡下的早晨

扁蒲不是黄瓜
黄瓜不是一只公鸡
蜗牛是蜗牛，不是起早的白鹭
旧木船，鱼虾和一条平静的小河

我坐在老家门口，和它们就坐在一起
灰灰摇着尾巴过来过去
蹭一下，又蹭一下
将我偷换成一棵年轻的枣树

乡下的规矩少，持民间立场
一条丝瓜会长过长豇豆，麻鸭和鹭鸟
可以交换鸣叫
风是风，娘的白粥咸菜都很直接

归去来兮

有人反复离去
或者是离去的一部分
有人反复归来
或者是归来的一部分

信任这个黄昏，晚霞不会消失
远山和船只平衡了一条河
我们都立在两岸，摘自己的月亮
少年的，青年的

黑夜浩瀚
反复抵达浩瀚
世间万物，并没有被抛弃
中年的，老年的